LLYFR LLIWIO

Dewi Sant

Cyfres Arwyr Cymru—4

Elwyn Ioan
a Garmon Gruffudd

y Lolfa

Amser maith yn ôl, roedd gŵr da o'r enw Dewi Sant yn byw yng Nghymru. Byddai'n teithio'r wlad gyda'i ddisgyblion yn pregethu ac yn gwneud gwyrthiau. Yn aml iawn, roedden nhw'n gorfod teithio am ddyddiau ar y tro trwy bob math o dywydd, a heb fawr o orffwys.

Un diwrnod, roedd Dewi'n pregethu mewn pentref o'r enw Llanddewibrefi. Roedd pawb yn yr ardal yn gwybod amdano erbyn hyn ac ar dân eisiau clywed ei lais. Ond wir i chi, roedd torf mor fawr wedi dod at ei gilydd i wrando arno fel nad oedd neb yn gallu clywed yr un gair ddeuai o'i ben – nac yn gallu gweld yr un fodfedd ohono. Dechreuodd y bobl gwyno'n uchel ar unwaith.

Yna, digwyddodd rhywbeth rhyfedd iawn. Yn ara deg, dechreuodd y tir o dan draed Dewi godi, nes ei fod yn sefyll ar ben bryncyn bach. Gwyrth! Gallai pawb ei weld yn berffaith, ac ymhen dim roedden nhw'n gwrando'n astud arno.

Aeth Dewi Sant ymlaen ar ei daith yn llawen, ond ar ôl ychydig ddyddiau, galwodd ei ddisgyblion ynghyd.

"Fy mrodyr," meddai, "daeth amser i roi terfyn ar yr holl deithio blinedig yma. Lle bynnag y byddwn ni erbyn machlud haul yfory, yna rwy'n addo y cawn ni adeiladu mynachlog yno yn gartref i ni."

Cytunodd ei ddisgyblion yn frwd.

Erbyn diwedd y diwrnod hwnnw, roedden nhw wedi cyrraedd man o'r enw Glyn Rhosyn, a noswyliodd pawb yn hapus gan wybod mai honno oedd y noson olaf iddyn nhw orfod chwilio am lety.

Pan ddaeth y bore, aethant ati i wneud coelcerth o ganghennau a phreniau bach ac yna ei chynnau. Roedd hwn yn mynd i fod yn dân arbennig! Oherwydd lle bynnag y byddai'r mwg o'r tân yn ei orchuddio byddai Dewi Sant yn hawlio'r tir iddo'i hun er mwyn cael adeiladu mynachlog arno.

Cyn hir roedd fflamau claerwyn yn llamu o'r goelcerth a chododd y mwg yn uchel, uchel i'r awyr nes estyn dros y tir o gwmpas am filltiroedd. Roedden nhw'n gallu gweld y mwg yn Iwerddon hyd yn oed!

Roedd tywysog yn byw heb fod ymhell o Lyn Rhosyn – Gwyddel o'r enw Boia. Pan welodd Boia fod y mwg o goelcerth Dewi Sant yn gorchuddio ei dir ef, fe wylltiodd yn gacwn.

"Mae rhywun yn hawlio fy nhir i!" meddai'n flin wrth Satrapa ei wraig. "Os na fydda i'n ofalus, bydd y mwg felltith yma yn cipio pob modfedd o 'nhir i oddi arna i! Edrycha, mae e'n dod o gyfeiriad Glyn Rhosyn . . ."

Atebodd hithau'n chwyrn gan afael yn ei ysgwydd:

"Bydd yn rhaid i ti ymladd yn erbyn y gŵr digywilydd yma sydd wedi cynnau'r tân, yn bydd?"

Doedd dim amdani felly ond galw ar ei filwyr i baratoi am frwydr. Ymhen dim, roedden nhw wedi neidio ar gefn eu ceffylau ac yn carlamu tuag at wersyll Dewi Sant.

Fel yr oedd Boia a'i filwyr yn dynesu at Lyn Rhosyn, dechreuodd ambell un deimlo'n rhyfedd o wan, ac yna un arall, ac un arall; yn y diwedd roedd Boia a'r milwyr i gyd yn eistedd yn llesg ar gefn eu ceffylau. Beth oedd y clefyd yma oedd wedi eu taro mor sydyn?

Allen nhw wneud dim ond galw'n daer ar eu ceffylau i droi yn eu hôl am adre. Roedd Boia'n siomedig dros ben ei fod yn gorfod ildio fel hyn – ond roedd gwaeth i ddod. Yn y caeau, roedd holl anifeiliaid y tywysog yn gorwedd yn farw a'u llygaid ar agor!

Allai Boia ddim credu'r peth!

"Mae'n rhaid bod gan y dyn yng Nglyn Rhosyn rymoedd arbennig," meddai wrth ei wraig yn ddig. "Mae'n rhaid ei fod e'n sant! Ac os felly, does yna ddim llawer allwn ni ei wneud. Byddai'n well i mi roi darn o dir iddo yng Nglyn Rhosyn, cyn i rywbeth gwaeth ddigwydd!"

Y diwrnod canlynol, aeth y tywysog Boia a'i wraig i wersyll Dewi Sant ac ymddiheuro am anfon byddin yn eu herbyn.

"Rydw i am roi darn o dir yn arbennig i chi," meddai wrth Dewi Sant, ac fe dderbyniodd yntau'r cynnig a gwên ar ei wyneb.

Cerddodd y ddau adref yn ddigalon – roedden nhw wedi colli eu hanifeiliaid i gyd, a dyma nhw nawr yn gorfod colli darn o'u tir.

Wrth iddynt agosáu at eu cartref, dechreuodd y sŵn rhyfeddaf ddod o'r caeau; allen nhw ddim credu eu clustiau!

Roedd yr holl anifeiliaid wedi atgyfodi, a dyna lle'r oedd y defaid yn brefu'n braf wrth bori.

Felly cafodd Boia a'i wraig eu hanifeiliaid yn ôl, a chafodd Dewi Sant godi mynachlog yng Nglyn Rhosyn.

Daeth llawer o fynaich at Dewi Sant a'i ddisgyblion i ddilyn ffordd syml o fyw. Erbyn heddiw, rydym yn cofio am Dewi Sant, nawddsant Cymru, bob blwyddyn ar y cyntaf o Fawrth – Dydd Gŵyl Dewi. Dyma pryd y bydd Cymry drwy'r byd yn dathlu eu Cymreictod.